Zouaoui El ouaamari

Das traurige Lied des Meeres

Handy-Nr: 015217586526

E-Mail: z_elouaamari@web.de

© 2014 Zouaoui El ouaamari

Herstellung und Verlag:
BoD - Books on Demand, Norderstedt
ISBN 978-3-7357-7445-3

Vorwort

Die meisten Menschen aus der so genannten Dritten Welt und besonders aus Afrika sind arm und fühlen sich von ihren Regierungen ungerecht behandelt. Wenn sie auf die Straße gehen, um friedlich über ihre desolate Lage zu protestieren, werden sie entweder als Terroristen gebrandmarkt oder als Anarchisten abgestempelt.

So sehen viele unter ihnen nur den einen Ausweg diesem erbärmlichen Zustand zu entrinnen: Ins friedliche Europa zu fliehen, um dort ein menschenwürdiges Leben zu beginnen.

Sie stechen in See mit meist primitiven Schiffen: mal in Nussschalen, mal in alten Fischerbooten. Ihr Versuch, unbedingt auf den friedlichen alten Kontinent zu kommen, macht nicht einmal vor der Gefahr Halt, im Meer ertrinken zu können. Fast täglich finden Flüchtlinge den Tod in den Wellen. Nur einigen gelingt es, lebendig nach Spanien oder Italien zu kommen.

Ganz nüchtern und rein materialistisch betrachtet, ist niemand verpflichtet, diesen mittellosen und schwachen Menschen zu helfen. Moralisch aber obliegt es den reichen Individuen, Institutionen und Staaten, solchen Menschen unter die Arme zu greifen. Doch diese Hilfe muss gut organisiert und regelmäßig vor Ort kontrolliert werden. Man darf sich nicht ausschließlich auf die lokalen Behörden verlassen, weil sie zum größten Teil korrupt sind. Sondern die Geldgeber haben das Recht darauf, ihre eigenen Leute dorthin zu schicken, wo ihr Geld hin fließt, um gründlich mit den Einheimischen zusammen für eine gerechte Güter- und Projektverteilung zu sorgen.

Die folgende erdachte Erzählung, die vor diesem realen und aktuellen Hintergrund abläuft, handelt von einem jungen Marokkaner, der als einzig Überlebender nach Malaga kam. Dort wurde er von einem deutschen Ehepaar aufgenommen…

Seine Fluchtkameraden waren hilfsbereit und nett zueinander, nicht nur während der gefährlichen Fahrt auf dem Meer, sondern auch zuvor in den marokkanischen Wäldern, als sie zusammen auf die Schlepper warteten.

Doch dann geschah das Unglück auf hoher See. Wie in einem Alptraum stürzten die Ereignisse auf die Bootsinsassen ein. Auf einmal musste jeder um sein eigenes Überleben kämpfen. Keiner konnte dem anderen helfen, auch wenn man es gerne gemacht hätte!

Das Unglück auf hoher See

Ahmad war ein 16-jähriger junger Mann aus Tanger. Er hatte einen Bruder und eine Schwester und war der älteste. Ahmad war schlank und hatte kurze schwarze Haare, die sich in leichte krause Wellen legten. Seine braunen Augen schienen eine intelligente und neugierige Geisteshaltung zu offenbaren.

Ahmad war bisher ein guter Schüler, doch als sein Vater chronisch erkrankte und nicht mehr den ganzen Tag arbeiten konnte, musste er nach der Schule im elterlichen Gemüseladen mithelfen. Seine guten Noten verschlechterten sich zunehmend, bis er schließlich die Lust am Lernen ganz verlor.

Eines Tages stand ein alter Bekannter vor der Tür. Er hieß Hakim und wohnte im gleichen Viertel, bevor seine Familie vor ein paar Jahren aufs Land gezogen war. Seitdem hatten sich die beiden aus den Augen verloren. Er war drei Jahre älter als Ahmad. Aber die zwei verstanden sich trotz des Altersunterschieds gut und sie hatten ein gewisses Vertrauen zueinander. Deshalb hatte Hakim ihm ohne Bedenken mitgeteilt, dass er mittlerweile für Schlepper arbeitete.

Er kam zweimal die Woche in den Laden, um Ahmad zu ermuntern, nach Europa durchzubrennen. Er kam ausschließlich kurz vor Ladenschluss, damit er ihm in aller Ruhe über das verlockende schöne Leben in Europa berichten konnte. Zuerst ohne Erfolg, weil Ahmad seine Eltern und Geschwister nicht verlassen wollte, darüber hinaus hatte er kein Geld für die Seefahrt. Hakim versuchte ihn von dieser finanziellen Sorge zu befreien, indem er die Bereitschaft zeigte, ihm die Geldsumme zinslos auszuleihen. Er zeigte ihm sogar ein dickes Bündel von Geldscheinen, um seinem Vorhaben Ausdruck zu verleihen.

Im Laufe der Tage war Ahmad von diesen trügerischen Gedanken überzeugt worden. Und von nun an hatte er nichts anderes im Kopf als nach Spanien zu gehen. Da Marokko ein krisenfreies Land ist, hatte ihm Hakim davon abgeraten, Asyl bei der spanischen Behörde zu beantragen, weil er dadurch riskiere, abgeschoben zu werden. Vielmehr sollte er eine Arbeitsstelle bei einem Bauern finden, auf diese Weise hätte er eine sehr gute Chance, dass sein Arbeitgeber für ihn reguläre Papiere beantragen könnte.

Schließlich war es so weit. Ahmad hatte unauffällig einige Euroscheine in eine Plastiktüte gesteckt, diese mehrmals gefaltet und an seiner Brust festgebunden. Dann nahm er einen kleinen Sack und stopfte ein bisschen Essen und eine Flasche Wasser hinein und verschwand ohne eine Nachricht zu hinterlassen.

Hakim brachte ihn in ein sicheres Versteck im Wald, wo bereits neunzehn andere hausten:

siebzehn Marokkaner und zwei Nigerianer.

Sie warteten dort fast eine Woche, bis endlich der Zeitpunkt gekommen war, an dem sie in See stechen sollten. Ungefähr zwei Stunden vor der Morgendämmerung bestiegen die zwanzig Flüchtlinge das alte Fischerboot, das schon zu Beginn der ungewissen Reise verdächtig knarrte.

Als sie auf hoher See waren, wurde der Seegang immer stärker. Das Boot wurde abermals von immer kräftiger und höher werdenden Wellen erfasst. Es schaukelte heftig hin und her, bis es dann von einer noch wuchtigeren Wogenattacke umgekippt und regelrecht in einzelne Bretter gerissen worden war. Bis auf Ahmad waren alle Bootsinsassen im Handstreich ertrunken. Wie durch ein Wunder war er noch am Leben. Doch ringsum lauerte die Gefahr unaufhörlich und er war noch im Würgegriff des Meeres.

Der junge Mann hatte eine entsetzliche Angst, obwohl er sehr gut schwimmen konnte. Er hatte das Gefühl, dass ihn eher der Überlebensinstinkt als all diese Schwimmstile, die er beherrschte, fortbewegte. Er schwamm mehr mechanisch als bewusst mit allen ihm verfügbaren Kräften zu den umher treibenden Brettern. Er wollte sie unbedingt erreichen, bevor er schlapp machte oder sie von der Strömung fortgetrieben würden.

Er hatte Glück, dass die Wellen sich inzwischen ein bisschen besänftigt hatten. Ein Hoffen und Bangen wechselten einander ab. Wenn die Wogen ihn erhoben, sah er die groben Konturen einer Küste, und seine Hoffnung, dass er bald heil ans Land komme, wurde größer. Doch wenn das dicke Holzbrett, an das er sich jetzt fest klammerte, über die hohen Wellen nach unten glitt, flammte die namenlose Angst in ihm wieder auf, gleich zu ertrinken. Die Abwechselung dieser jeweiligen Gefühle dauerte eine Zeitlang, bis das Meer sich endlich ganz beruhigte. Ahmad gelang es jetzt mit großer Mühe, sich auf das Brett zu legen, und er fing an, mit den Händen zu paddeln. Die Konturen der Küste wurden deutlicher und er konnte nun sogar den ziemlich flachen Strand und die mächtigen Felsen dahinter sehen.

Das glückliche Ehepaar

Die Müllers waren ein deutsches Ehepaar aus Frankfurt. Der Mann hieß Dieter und die Frau Andrea. Sie kannten sich seit ihrer Kindheit, als sie damals gemeinsam die Schulbank drückten.
Dieter war stämmig und von mittlerer Größe. Er hatte kurze, leicht ergraute aschblonde Haare. Seine hellblauen kleinen Augen schimmerten hinter dünnen Sehgläsern.
Die ausgeprägten Geheimratsecken machten ihn keineswegs zurückhaltend, wie das Klischee eben ist, ganz im Gegenteil: Er war ein ausgesprochen sympathischer und kommunikativer Mensch.
Dieter war Orientalist und lehrte an der Goethe-Universität. Er sprach zusätzlich Hocharabisch und Spanisch.
Andrea war eine vollschlanke und attraktive Frau. Sie hatte lange hellblonde Haare, die ihr bis über die Schultern reichten. Ihre lebhaften grünen Augen und ihr hübsches, mit Sommersprossen gesprenkeltes Gesicht bildeten eine einheitliche reizvolle Erscheinung, die sich auch im reifen Alter erhalten hatte.
Andrea war Ärztin für Allgemeinmedizin und hatte eine eigene Praxis im ersten Stock ihres gemeinsamen Hauses.
Auch sie war sprachbegabt und konnte sehr gut Französisch und Spanisch.
Das Schicksal hatte ihnen leider keine Kinder beschert, trotzdem lebten die Müllers sehr

glücklich. Sie hatten abermals versucht, ein Kind zu adoptieren. Es scheiterte aber jedes Mal an der Behördenbürokratie, so dass sie des Amtsganges endlich müde waren und diesen Antrag zurückstellten.
Doch dieser Wunsch glimmte weiterhin wie Glut unter der Asche im Herzen von Andrea. Immer wenn eine Situation sich ergab, in der Kinder oder Jugendliche in ihrer Nähe über lange Zeit spielten oder sich mit ihr unterhielten, überkam sie später, wenn sie sich zurückzog, ein bedrückendes Gefühl. Dies dauerte ein paar Stunden und war mit Tränen begleitet. Solche Regung war keineswegs mit Neid zu erklären, sondern eher mit Traurigkeit. Andrea war alles andere als eine böswillige Neiderin, sie mochte Kinder sehr. Allerdings war sie bei derartigen Situationen hilflos und sie haderte damit, dass sie selbst keine bekommen hatte. Dieter kannte solche Momente, er hatte abermals versucht, sie von diesem Schuldgefühl zu befreien, jedoch ohne Erfolg. Es blieb ihm am Ende nur, ihre vorübergehende traurige Stimmung zu akzeptieren und sie darüber hinweg zu trösten.

Herr Müller litt in den letzten Jahren sehr an Rheuma. Sein Facharzt hatte ihm empfohlen, in ein warmes Land zu gehen. Zunächst einmal waren Andrea und Dieter von der Idee nicht begeistert. Sie waren bodenständig und liebten Frankfurt sehr. Sie waren hier geboren, und hier wollten sie auch sterben. Doch als die

Schmerzen immer unerträglicher wurden und die beiden das Rentenalter erreichten, beschlossen sie, nach Spanien auszuwandern.
Sie veräußerten ihr Haus in Frankfurt und kauften eine kleine Villa in einer Ortschaft von Malaga.

Der Abschied aus Frankfurt

Eine herrliche Röte befleckte den Horizont, während die Sonne langsam dahinter emporstieg, und die gräuliche Farbe des Himmels allmählich in ein makelloses Blau überging.

Die Müllers waren längst wach. Sie wollten ihren letzten Tag in Frankfurt allein verbringen.
Nachdem sie gefrühstückt hatten, fuhren sie mit der U-Bahn zum Palmengarten.
Sie liefen von einem Gewächshaus zum anderen und durchstreiften vergnügt Savanne, Nebelwüste, Tropen und Monsunregenwald. Riesige Palmen und üppige Farne überschatten die Besucher, die eine große Freude an der Fülle exotischer Flora hatten. Die Müllers gingen zwischen den verschiedenen Beeten, wo allerhand einheimische und exotische Blumen, Pflanzen und Bäume stehen. Ein Meer von verschiedenartigen Blumen und Rosen betörten ihre Sinne. Dann liefen sie zum großen Weiher, wo ein Wasserstrahl rauschend und schäumend einen Felsen hinunter stürzt.
"Am liebsten würde ich diese Augenblicke verewigen!", sagte Andrea unvermittelt.
"Ich weiß, ich weiß, dass auch Spanien ein schönes Land ist, aber ich bin verdammt gerne in Frankfurt. Wenn nicht dieses Rheuma wäre, das mir ständig quälende Schmerzen bereitet.", erwiderte Dieter seufzend.

Sie saßen dort eine Zeitlang. Mal machten sie die Augen zu und träumten vor sich hin, mal schauten sie vergnügt auf den Wasserstrahl und dessen ständig plätschernden Aufprall auf die Wasseroberfläche und wie er immer wieder Kreise ins Leben ruft, die sich an dem Rand des Teiches verlieren…

Gegen 15 Uhr fuhren die Müllers zum Römer. Sie saßen in einem berühmten Café und bestellten zwei Eisbecher. Sie aßen genüsslich das wohl schmeckende Eis, während sie sich unterhielten und Passanten beobachteten. Später tranken sie Kaffee, der einfach köstlich war!
Schließlich gingen sie auf die Zeil, um einen kurzen Stadtbummel zu machen. Sie kauften hier und da einige Sachen ein, dann fuhren sie mit der U-Bahn nach Hause zurück.

Dieter hatte die Erlebnisse dieses letzten Tages in einem Gedicht verarbeitet. Er las es seiner Frau während des Fluges nach Malaga vor.

Die schöne Stadt Frankfurt

Schweren Herzens traf ich die Wahl
Dich für immer zu verlassen
Wäre aber nicht diese Qual
Würd´ ich dich nie im Stich lassen!

Frankfurt, o du schöne Stadt!
Hier begann Goethe das Blatt
Ära von Sturm und Drang
Im Dichten und im Gesang

Der Main glitzert in der Sonne und fließt
Man sitzt daneben heiter und liest
"Werthers Leiden" wurde geboren
Trauer der Weisen und Toren

Der Junge nahm sich das Leben
Und befreit sich von allen Hieben
Die Obrigkeit war entsetzt
Und sah die Moral verletzt

Sie belegte das Buch mit Verbot.
Bereit, zu ersticken die Lesewut
Und verletzte so das höchste Gebot
Das man errang mit kostbarem Blut

Ich ging früh zum Palmengarten
Dort wachsen Pflanzen aller Arten
Freude erfüllt Augen und Herz
Und vertreibt Leiden und Schmerz

Ich fuhr zum Römer alsdann
Es zieht mich in seinen Bann
Dieses prächtige Symbol der Freiheit
Und Zeugnis stabiler Gerechtigkeit

Auf der Zeil, Schlagader der Metropole
Bebt ja auf dem Pflaster die Sohle
Man hört verschiede Sprachen
Vermengt mit Gesang und Lachen

All das hat mich seit je geprägt
Das Schöne und Wertvolle an dir
Was mein Herz wohlwollend jetzt trägt
Nun muss ich aber weg von hier

Die Abschiedsstunde hat geschlagen
Und ich kann mich an dir nicht satt sehen
Doch muss ich mein Schicksal ertragen
Und aus meiner lieben Stadt weggehen

Die neue Heimat

Das Haus in Malaga lag einsam auf einer Anhöhe hinter einer Felswand. Vom Schlafzimmer und Bad aus schaute man auf ein breites Tal hinab, wo ein Bauerhof mit seinen ringsum malerischen Getreide- und Gemüsefeldern lag. Von der Küche und vom Wohnzimmer aus hatte man eine herrliche Aussicht auf das weite blaue Meer.

Die Verbindung zur Außenwelt bestand darin, dass die Müllers einerseits ihr eigenes Auto benutzten oder den Bus nahmen, der zwischen Malaga und den nah liegenden Ortschaften pendelte. Zum anderen fuhren sie mit kleinen Schiffen, die tagsüber unten am kleinen Hafen ständig anlegten.

Die Müllers hatten einige Freunde in Malaga und pflegten außerdem gute Beziehungen zur Familie des Landwirtes und des Gendarmeriechefs, sie besuchten sich gegenseitig und unternahmen zusammen hin und wieder Ausflüge oder Wanderungen. Bei Herrn Garcia kauften sie frisches Gemüse, Obst, Getreide und Fleisch. Sie kannten auch einige Fischer, bei denen sie direkt am Hafen öfter Fisch und Meeresfrüchte kauften.

Dieter und Andrea waren musisch sehr begabt, er schrieb Gedichte und sie malte Bilder. Wenn sie mit den Aufgaben fertig waren, die der Alltag ihnen abverlangte, gingen sie ihren freizeitlichen Beschäftigungen nach: Der eine verarbeitete die Eindrücke des Alltags in Worten und die andere in Bildern. Und so verbrachten sie glücklich ihren Lebensabend. Das weite Meer, die bewaldeten Berge und all das Schöne und Reizvolle, was ihnen die Natur bot, sorgten für reichliche Inspirationen...

Es war ein später Nachmittag im Sommer.
Ein frischer Wind kam vom Meer und wehte über die Baumkronen. Die einsetzende verhältnismäßig kühle Luft verdrängte allmählich die sengende Hitze, die sich über den Tag verbreitete und jede Tätigkeit und Inspiration zu lähmen schien.
Herr Müller saß auf einem Felsbrocken, der über die herrliche See ragte. Mal ließ er den Blick in die weite ruhige und idyllische Ferne schweifen, mal schrieb er in ein Heft.
Seine Frau stand unweit von ihm und arbeitete gerade an einem Gemälde. Ab und zu hob sie den Kopf und schaute auf die urwüchsige Natur und warf ihrem Mann einen liebevollen Blick zu.

Nach einer Weile schenkte sich Andrea eine Tasse Tee ein und setzte sich auf einen Hocker. "Dieter, möchtest du auch eine Tasse Tee?", rief sie ihrem Mann zu.
"Ja, gerne."
Sie brachte ihm eine Tasse und setzte sich neben ihn.
"Wie war der Markt heute?", fragte er.
"Weniger zu tun als vor ein paar Tagen, die Hitze ist unerträglich. Ich habe das Nötigste

eingekauft und bin schnell nach Hause gefahren."
"Hast du an die Melone gedacht?"
"Ja ja, ich bin im Anschluss extra zum Hof von Herrn Garcia gefahren, er lässt dich herzlich grüßen. Er hat mir dieses Mal eine marokkanische Melone empfohlen. Er sagte, sie soll sehr gut schmecken."
"Danke, und wie geht's ihm und seiner Familie?"
"Sehr gut. Du schreibst ja ganz eifrig, wie weit bist du mit deinem neuen Gedicht?", fragte Andrea neugierig.
"Ich habe es zu Ende geschrieben, willst du es hören?"
"Aber ja!"
Dieter nahm das Heft und fing an, seiner Frau das Gedicht vorzulesen.

Was ist Liebe?

Du fragst mich, was ist Liebe
Die Antwort liegt nur im Herzen
Jeder verspürt sie aus eigenem Triebe
Ob mit Wonne oder Schmerzen

Wenn die stille Glut aufflammt
Dann entbrennt die Leidenschaft
Körper, Seele und Geist allesamt
Strotzen vor Lebensmut und Kraft!

Liebe ist ein tiefer Freudenborn
So schöpfe in Maßen daraus Wasser
Meide aber stets seinen Zorn
Sonst überflutet er deinen Acker

Liebe ist wie ein süßer Traum
Sie widersetzt sich der fesselnden Logik
Und überfliegt Grenze und Raum
Kurz, aber ihr sanfter Klang ertönt ewig

Einer Rose ähnelt Liebe
Ihr Anblick macht Kranke gesund
Die Dornen stechen aber Diebe
So macht sie ihr Missfallen kund

Liebe macht ja bekanntlich blind
Der Verstand warnt vor schweren Folgen
Doch das Herz schlägt sie in den Wind
Willens, unbedingt zum Glück zu gelangen

Nun ist es um dich geschehen
Das Herz liegt jetzt in fremder Hand
Du kannst weder von dannen gehen
Noch schneiden die Liebesband´

Wenn die Verliebtheit vorüber ist
Und die Herzen noch gebunden
Dann war das Versprechen keine List
Und das Glück ist gefunden

Frau Müller hörte vergnügt diese betörenden Worte. Sie berieselten und fesselten ihre Gefühle.
"O Dieter, das ist sehr schön!", sagte sie spontan.
"Das ist für dich, mein Schatz, ich hüte meine Liebe zu dir wie ein Kleinod."

Ahmad kommt heil ans Land

Das Meer begann sich wieder aufzuwühlen. Ahmad hatte Glück, dass die Küste jetzt in unmittelbarer Nähe war. Er glitt über das Brett ins Wasser und schwamm mit seinen letzten Kraftreserven hinüber. Er musste dies tun, bevor die drohenden kräftigen Wellen sich über ihm zusammenschlagen würden und ihn wieder in die weite See forttrieben.

Völlig erschöpft hockte Ahmad nun in Gedanken versunken am Strand. Sein Gesicht hatte unwillkürlich seltsame Züge angenommen: der fassungslose merkwürdige Blick war auf das tobende Meer gerichtet und der Mund weit offen. Er schien nicht zu glauben, dass er wohlauf ans Land gekommen war...

Das laut ratternde Geräusch eines herankommenden Hubschraubers riss ihn aus dieser Haltung. Ahmad dachte an die Küstenwache, er raffte sich auf und suchte panikartig ein Versteck, bevor man ihn entdecke.

Ahmad lag nun zwischen den Felsen. Der Hubschrauberlärm war längst verblasst. Er war müde, doch der Hunger und der Durst waren so groß, dass er nicht schlafen konnte. Außerdem war es ihm unheimlich in dieser trostlos wirkenden Gegend. Es war weit und breit keine Menschenseele zu sehen.
Das Gebiet war gebirgig und mit Mischwald

bedeckt. Der Strand stieg zunächst sanft an, dann führte seine grob sandige Fläche, die in einen kiesartigen Teppich überging, steil aufwärts zu den Felsen hin.

Seitlich schlugen die Wellen wuchtig gegen die mächtigen Felsen und brachen sich brausend und schäumend. Der Junge war zwar Küstenbewohner und mit dem Meer von jeher vertraut, aber in der Fremde kam ihm dieses erhabene Schauspiel der Brandung bedrohlich vor, es jagte ihm zusätzliche Ängste ein.

"In ein paar Stunden wird die Sonne hinter den Horizont verschwinden und es wird dann dunkel, was soll ich denn machen?", dachte Ahmad ratlos.

Getrieben von dem Rat, den Hakim ihm gegeben hatte, Arbeit und Unterschlupf bei einem Bauern zu suchen, stand Ahmad auf und überquerte eilig die asphaltierte Straße, die parallel zum Strand verlief. Er ging in einen abgrenzenden Wald und fühlte sich vor der Küstenwache einigermaßen sicher. Er hatte aber keinen blassen Schimmer, wo er sich jetzt befand, ob er auf irgendeiner Insel oder auf dem spanischen Festland war.

Als Ahmad an eine Lichtung kam, schaute er sich um und blieb kurz stehen. Er setzte sich auf einen großen Stein, der offensichtlich als Sitzbank angefertigt wurde, und zog die Gummisandalen und das T-Shirt aus. Er löste die Plastiktüte von seiner Brust und legte sie neben seine Sandalen, damit die letzten Trop-

fen an ihr verdampften. Als dies geschah, nahm er die Geldscheine aus der Tüte, und fing an damit zu wedeln.
Ahmad saß eine Weile in der prallen Sonne, bis die leichte Sommerhose und das dünne T-Shirt trocken waren. Er steckte die Geldscheine in die Hosentasche, zog seine Sandalen wieder an und ging weiter.

Ein schwacher Wind säuselte in den Zweigen, und das trockene Gas raschelte unter seinen müden Füßen. Ab und zu ertönte ein hell hämmerndes Spechtgeräusch oder flog ein Vogel über seinen Kopf hinweg.
Ahmad kam an einen kleinen Bach, der einen Felsbrocken entlang floss. Er streckte seine Hände aus und schöpfte daraus klares Wasser. Er trank es geradezu hastig und löschte seinen brennenden Durst.

Ahmad verlies den Hauptweg und nahm einen schmalen Pfad, der sich zwischen den Steinbrocken schlängelte. Er lief eine ganze Weile, bis der schmale Fußweg eine scharfe Wendung nahm und hinter den Felsen verschwand. Links von ihm ragte eine hohe Felswand auf, die man kaum erklettern konnte. Und auf seiner rechten Seite lief eine mit Gras bedeckte Fläche sanft in ein breites Tal. Am Ende des Abhanges grasten Schafe und Kühe und in der Talsohle lagen Felder, die hoch im Halm standen. Unweit von ihnen waren ein großes rustikales Haus und daneben ein geräumiger Stall.

Ahmad traute sich nicht, den ungewissen Pfad hinter den Felsen zu verfolgen, weil er fürchtete, er würde sich von diesem lang ersehnten und endlich gefundenen Bauerhof entfernen.
Er schaute in den blauen Himmel, die Sonne näherte sich inzwischen dem Horizont.
"Bald kommt die Nacht. Bei diesem Landwirt finde ich vielleicht eine Arbeitsstelle und eine Bleibe. Wenn ich langsam hinunter steige, bin ich in Kürze dort...", dachte Ahmad hoffnungsvoll.
Und so entschloss er sich, ins Tal runter zu gehen. Er wollte diesen Hof erreichen, bevor es dunkel wurde. Doch plötzlich vernahm er eine undeutliche Stimme, die von dort zu kommen schien, wo der Weg sich schroff wendete.
Ahmad dachte an die Gendarmerie und an all das, was mit den Behörden zu tun hatte. "Der Abhang ist ein offenes Gelände, und man sieht mich, während ich ins Tal herunter laufe, und ich bin geliefert.", sagte er sich.
Folglich ließ er von seinem Vorhaben ab und suchte irgendein Versteck. Er fand aber keins. Da das ungewisse Warten für ihn nervenaufreibend war, bevorzugte er es, dicht an der Felswand zu bleiben und geduckt vorwärts zu schleichen.
Ahmad kam nun zu der Ecke, wo der Pfad sich scharf wendete. Da war die Felswand nur noch ein wenig höher als er. Doch das Gelände zum Tal war ziemlich steil und felsig, so dass er sehr aufpassen musste, um nicht in die klaf-

fende Tiefe zu stürzen.
Ahmad blieb kurz stehen, holte tief Atem und streckte seinen Kopf hoch, so dass er gerade sehen konnte, was hinter diesem Steinblock war.
Der Pfad verengte sich und endete schließlich vor einem einsamen Haus, und er sah einen Mann und eine Frau.
Dieter stand gerade am Grillkamin und war mit einem Spieß beschäftigt, den er öfter über der Glut drehte. Andrea schnitt Brot, dann griff sie nach einem Krug, der mit selbst gemachtem Apfelsaft gefüllt war.
Der Duft des Bratens kam zu Ahmad herüber und machte ihn noch hungriger. Er hatte seit zwei Tagen nichts gegessen. Die letzte Mahlzeit, die er zu sich genommen hatte, war ein Stück Brot und einige Datteln.
"Sie sehen nicht nach Bauern aus, sie sind vielleicht von der spanischen Behörde oder von der Küstenwache…", fürchtete er.
Diese angstvollen Gedanken hinderten ihn daran, zu ihnen zu gehen und sie um ein bisschen Essen zu bitten.

Irgendwo hinter der Felswand startete ein Helikopter. Der ohrenbetäubende Lärm hatte ihn erschrocken. Ahmad zuckte zusammen, verlor dabei das Gleichgewicht und fiel zur Seite. Er stieß einen lauten Schrei aus, er hatte furchtbare Schmerzen am rechten Fuß.
Der Militärhubschrauber flog lärmend ein paar Meter hoch über seinen Kopf hinweg. Ahmad

steckte die Finger in die Ohren, weil das durchdringende Geräusch kaum zu ertragen war. Er hatte dennoch Glück, dass ihn die zwei Insassen nicht sahen.

Er lag nun hilflos an einer steilen Stelle, wo nur eine ungeschickte leichte Bewegung reichte, um in die gähnende Tiefe zu stürzen. Immer wieder schrie er laut, in der Hoffnung, dass die zwei Leute im Haus oder andere ihm zur Hilfe eilten.

Dieter und Andrea konnten jetzt die Hilferufe hören. Und nachdem sie geortet hatten, woher sie kamen, eilten sie dorthin.

Sie zogen Ahmad vorsichtig hoch und brachten ihn mühselig ins Wohnzimmer. Dieter half ihm, sich auf das Sofa zu legen, und gab ihm ein großes Kissen, so dass er seinen Kopf bequem auf die Lehne stützen konnte. Andrea zog ihm die Sandalen aus und untersuchte vorsichtig die beiden Füße. Sie stellte fest, dass er sich den rechten Knöchel verstaucht und ringsum Prellungen zugezogen hatte. Sie desinfizierte die Schramme und verband ihm den Fuß.

Trotz des großen Schmerzes konnte Ahmad seinen Blick nicht vom wohl duftenden Braten abwenden, der nun knusprig auf einer Schale lag und ihn anzulächeln schien. Dies entging Dieter und Andrea selbstverständlich nicht. Dieter half ihm, sich aufzurichten und gab ihm einen Teller, der mit reichlich Fleisch gefüllt war, und einige Scheiben weißen Brotes. Und

Andrea schenkte ihm ein Glas Apfelsaft ein. Der junge Mann bedanke sich und fing an, eher mechanisch als bewusst zu essen. Nun schien der Heißhunger seine Angst endlich besiegt zu haben.
Ahmad war so müde, dass seine Augen schwer wurden. So schlief er mit seinen Klamotten auf dem Sofa ein, bevor er zu Ende gegessen hatte. Frau Müller brachte eine Decke aus dem Schlafzimmer und breitete sie über ihm aus.

Ahmad bei den Müllers

Das Wohnzimmer lag noch in tiefer Dämmerung. Halb im Schlaf, halb im Wachsein schaute Ahmad zur Decke, sie war hellblau gestrichen und ein maurischer Lüster hing von ihr herab. Dieser prunkvolle Kronleuchter erinnerte ihn an sein Zuhause. Er glaubte für einen Moment, dass man ihn nach Marokko abgeschoben hatte. Er schüttelte den Kopf und wischte sich die Augen. Nachdem die letzten Schlafspuren verflogen waren, sah er endlich, dass er in einer fremden Wohnung war. Und spätestens als Frau Müller an der Tür klopfte und kurz darauf hereinkam, wusste er, dass er nicht mehr in Marokko war.
"Guten Morgen, hast du gut geschlafen?", fragte Frau Müller mit einem guten Französisch.
"Ja, Madame, danke.", antwortet Ahmad höflich.
Frau Müller schob behutsam die leichten Gardinen zur Seite, machte die Fenster auf und befestigte die Fensterläden an der Außenmauer. "Ich heiße übrigens Andrea, du kannst mich ruhig duzen, und wie heißt du?"
"Angenehm, ich bin Ahmad, kannst du mir bitte sagen, wo ich jetzt bin?", fragte er ungeduldig.
Frau Müller lächelte über das ganze Gesicht und sagte dann: "Du bist in Malaga."
Geschrei und Gelächter kamen von draußen. Ahmad versuchte aufzustehen, doch sein Fuß

schmerzte ihn. So hinkte er ans Fenster, lehnte sich an dessen Sims und warf einen Blick hinaus. Er sah den Hafen, dort herrschte ein reger Betrieb: einlaufende und auslaufende Boote und kleine Schiffe wechselten einander ab. Und Männer luden lachend und schreiend allerhand Sorten von Fischen und Meeresfrüchten ab.

Es war ein herrlicher Tag, ein blauer Himmel wölbte sich über die malerische Gegend. Keine einzige Wolke war zu sehen. Dieter, Andrea und Ahmad saßen im Garten und nahmen das Frühstück zu sich.
"Wo kommst du her", fragte Dieter.
"Aus Tanger.", antwortete Ahmad einsilbig.
"Lebst du seit langem in Malaga?"
Ahmad war es peinlich, er senkte den Blick und hörte auf zu essen.
"Bitte Dieter, lass ihn sein Frühstück zu Ende essen.", unterbrach Andrea ihren Mann.

In unmittelbarer Nähe setzte ein Helikopter zum Flug an. Ahmad schaute in den Himmel, er versuchte sein beklemmendes Gefühl zu unterdrücken. Aber Frau Müller hatte mit ihrem weiblichen Instinkt schon zu Beginn erraten, dass er ein illegaler Flüchtling war. Sie versuchte mit mütterlicher Fürsorge seine tiefe Befürchtung zu lindern oder gar zu vertreiben.
"Aber keine Bange, bei uns bist du sicher. Das sind Soldaten, die die Küste überwachen

und nach Flüchtlingen Ausschau halten.", sagte sie.
Ahmad dachte, Frau Müller wollte ihn nur aus der Reserve locken, um sich zu vergewissern, dass er ein Flüchtling sei, und später würde sie ihn bei der Polizei denunzieren. "Aber das hätten sie gestern gemacht, als ich schlief, was für ein Interesse haben die beiden, mich der Behörde auszuliefern…sie scheinen gütige und nette Leute zu sein…", dachte Ahmad.
Plötzlich war eine unerklärliche Vertrautheit in ihm aufgekommen, und alle Bedenken waren auf einmal verflogen.
"Und wenn sie hierher kommen und mich verhaften wollen?", fragte Ahmad unsicher und ratlos.
"Sie kommen nicht, jedenfalls haben sie es niemals getan.", erwiderte Dieter.
"Sollten sie doch kommen, sagen wir, dass wir niemanden gesehen haben.", versuchte Andrea ihn zu beruhigen.

Inzwischen waren die drei mit dem Frühstück ganz fertig und der Helikopter war längst weggeflogen. Immer wieder waren Fischer zu hören, und ab und zu fuhr ein Auto vorbei. Andrea räumte den Tisch ab, brachte die Sachen in die Küche und kam zurück.
"Tut der Fuß noch weh?", fragte sie.
"Ja, wenn ich fest auftrete.", antwortete Ahmad.
"Wie kommt es, dass ein junger Mann das Risiko auf sich nimmt, zu ertrinken, und diese

gefährliche Seereise macht?", wollte Dieter wissen.
Der Junge seufzte stark, dann fing er an, seine traurige Geschichte zu erzählen.

Herr Müller rief schon am gleichen Tag die Eltern von Ahmad an. Er teilte ihnen die glückliche Nachricht mit, dass ihr Sohn heil und gesund in Spanien angekommen war.

Der Sinneswandel

Zwei Wochen waren vergangen. Der Fuß von Ahmad war wieder gesund, so dass er jetzt schmerzfrei auftreten konnte. Er sollte aber, zu seiner eigenen Sicherheit, sich nur im Haus und im Garten aufhalten. Erst am späten Nachmittag durfte er zum Strand gehen, um ein bisschen Abwechselung zu haben. Die Müllers wussten erfahrungsgemäß, dass um diese Zeit weder Militärhubschrauber noch Gendarmerie in der Gegend waren.

Am Abend gab es ein heftiges Gewitter. Nachdem die drei das Abendessen verzehrt hatten, saßen sie gemütlich im Wohnzimmer. Es donnerte und blitzte, und der Regen prasselte unaufhörlich gegen die Fenster.
"Stell dir mal vor, du hättest eine Million Euro, was würdest du damit machen?", fragte Dieter unvermittelt, als ob er den Umgang mit dem Geld bei dem Jungen prüfen wollte.
Ahmad hatte mit einer solchen Frage nicht gerechnet. Er hob erstaunt die Augenbrauen und schaute Andrea an, die eifrig an einem Schal strickte, als wollte er sie fragen, was ihr Mann mit diesen Worten beabsichtigte. Dann fasste er sich ein Herz und sagte aber mehr lässig als ernst:
"Ich würde ein großes Haus und einen Pferdestall kaufen. Dann mache ich eine große Reise um die Welt und den Rest lege ich an."
"Hm, und in was anlegen?"

"Mein Vater sagte öfter zu mir, dass man gut beraten ist, Überfluss an Geld in Wertpapieren und Immobilien anzulegen."
"Ah ja! Und warum erwirbst du nicht eine Farm und kaufst Goldanlagen an?",
"Warum ausgerechnet eine Farm und Gold?"
"Weil Edelmetall jede Finanzkrise übersteht, und die Ländereien jede Naturkatastrophe überleben." erwiderte Dieter belehrend.
"Dieter! Jetzt wird´s aber zu hoch für den Jungen!", sagte Andrea zu ihrem Mann. Sie legte den Schal zur Seite und schaute den Jungen liebevoll an: "Ahmad, warum hilfst du nicht deinem Vater?"
"Ah ja, ich habe das ganz vergessen. Ich gebe meinem Vater eine hübsche Summe, damit er die Operation bezahlt, den Laden größer macht und einige Helfer einstellt. So kann ich wieder in die Schule gehen."
Die Müllers waren erleichtert, dass Ahmad von selbst die Schule erwähnt hatte.
Das Gespräch wurde vielfältiger und interessanter. Die drei unterhielten sich über verschiedene Themen: über das Leben in Marokko, Spanien, Deutschland…auch erzählte man zwischendurch Anekdoten und Witze und es wurde darüber herzhaft gelacht.

Dann brach eine lange Stille herein. Es hatte längst aufgehört, zu donnern und zu blitzen. Auch der Regen hatte nachgelassen, nur ab und zu fielen einzelne Tropfen nieder.
Als Andrea ins Schlafzimmer ging, flammte

der alte Wunsch wieder auf. Sie wünschte, dass das Zeitrad sich zurückdrehe, und sie wäre jünger und Ahmad noch ein Kind, so dass sie ihn adoptieren könnte.
Tränen quollen aus ihren fürsorglichen Augen und sie fing an, zu schluchzen und weinen.
Kurz darauf folgte Dieter seiner Frau. Er sah sie an und erkannte an ihrem traurigen Gesicht die schmerzliche Situation, die sie gerade erlebte. Er nahm sie in die Arme und sagte ihr tröstende Worte.

Das vertraute Gespräch ließ bei Ahmad die Sehnsucht nach seinen Eltern, seinen Geschwistern und Verwandten stärker werden. Es gelang ihm bisher, dieses schmerzliche Gefühl irgendwie zu verdrängen, aber jetzt nahm es allmählich überhand. Er vermisste die Familienwärme und das Reden und Lachen mit seinen Nächsten…er fing an zu weinen.

Am darauf folgenden Tag stand er früher als sonst auf. Ohne zu frühstücken, ging er zum gleichen Felsbrocken, an dem er vor zwei Wochen saß, um seine nassen Kleider in der prallen Sonne zu trocknen.
Er nahm darauf Platz und schaute in die Ferne. Ein dicker Schleier versperrte die weite Sicht, aber er wusste, dass dahinter seine Heimat liegt. Dort sind seine Eltern, seine Geschwister, seine Verwandten und seine Freunde. Um ein Haar wäre er ertrunken und er hätte seine Familie auf Erden nie wieder gesehen. Jetzt

kam ihm in Erinnerung, wie die Bootsinsassen um ihr Leben kämpften, bevor sie von den bergähnlichen Wogen in die Meerestiefe gerissen wurden. Ein heftiges Schuldgefühl überkam ihn. Er machte sich Vorwürfe, dass er mitgefahren war und vorher die jetzt in den Meerestiefen tot liegenden elenden Menschen an der Reise nicht gehindert hatte.
"Wozu das ganze verfluchte Unternehmen?!", schrie er laut weinend. Und die Berge warfen sein Mitleid erregendes Klagen wehmütig zurück.
Es war traurig, diesen in der Fremde weinenden, verzweifelten Jungen zu sehen.
Auf einmal und wie von der Tarantel gestochen, sprang Ahmad auf und ging weg. Er hatte vermutlich noch nicht die nötige mentale Kraft gefunden, um diese unheilvollen Erlebnisse zu verarbeiten. Und so riss der Faden ab und Ahmad war diesem quälenden Strudel entronnen.

Nach langer Diskussion und gründlichem Abwägen fassten die Müllers den Beschluss, Ahmad finanziell zu unterstützen. Natürlich war dieses Vorhaben mit bestimmten Auflagen verbunden: Mit dem Geld, das die Müllers monatlich schicken würden, sollte der Vater von Ahmad einen Helfer für die Ladenarbeit einstellen, so dass der Junge wieder zur Schule gehen konnte.
Dieter und Andrea würden regelmäßig nach Marokko kommen, um persönlich den Verlauf

der Dinge vor Ort zu prüfen. Sie machten Ahmad mit dieser Nachricht eine große Freude.

Ein paar Tage später nahmen die drei die Fähre nach Marokko. Die Müllers und Ahmad standen an der Reling und schauten in die Ferne. Das Meer war zwar ruhig, aber immer noch erhaben. Es war ein furchterregender, gewaltiger, flüssiger Teppich, der sich weit und breit erstreckte. So weit das Auge reichte, sah man nichts als Himmel und Wasser.

Dieter nahm plötzlich ein Stück Papier aus der Sakkotasche, er entfaltete es behutsam und las vor, was er darauf geschrieben hatte.
Es war das traurige Lied des Meeres, ein neues Gedicht, das er dem gefährlichen Abenteuer widmete, das Ahmad erlebt hatte.

Das traurige Lied des Meeres

O Beschreibe mir das Meer
Den Sieger über jedem Heer!

Die Brandung spuckt weißen Schaum
Silbrig glänzend im Sonnenlicht
Wasser und Himmel bis zum Küstensaum
O welch eine schöne Aussicht!

O Beschreibe mir das Meer
Den Sieger über jedem Heer!

Nichts zu sehen unterm Himmelszelt
Kein Gras, kein Berg und kein Baum
Außer unendlich wogender Wasserwelt
Erhaben über Zeit und Raum

O Beschreibe mir das Meer
Den Sieger über jedem Heer!

Gedanken reiten auf den Wellen
Ehrgeizig mit unsichtbaren Kellen
Versuchen sie Geheimnisse zu lüften
Von in der Tiefe begrabenen Kräften

O Beschreibe mir das Meer
Den Sieger über jedem Heer!

Doch still ist das mächtige Meer
Kein Wort über Krone und Stab
Von dem erniedrigten Heer
Stumm und schweigsam wie ein Grab

O Beschreibe mir das Meer
Den Sieger über jedem Heer!

Und wenn die Wellen zu tosen beginnen

Da schwebt jeder in tausend Ängsten

Ringsum gibt´s überhaupt kein Entrinnen

Sieh´ das Meer ist nicht zu überlisten

O Beschreibe mir das Meer
Den Sieger über jedem Heer!

Kommt man doch wohlauf ans Land

Eilt man erschrocken zum Strand

Immer noch bangend um sein Leben

Denn der Tod lauert stets von drüben

O Beschreibe mir das Meer

Den Sieger über jedem Heer!

Leb´ ich noch oder bin ertrunken!?

Mein Leib liegt zwar heil an den Gestaden

Mein Herz ist aber doch versunken

Im Meer neben toten Kameraden

O Beschreibe mir das Meer

Den Sieger über jedem Heer!

Sage, du furchterregendes Wassergrab

Wie viele hast du schon verschluckt

Und wie viele reiten noch zu dir im Trab

Die du mit Reichtum hast gelockt?